AF215023

Kurt Schmitz

Kurts Geschichten
aus dem Leben

Alltägliche Kurzgeschichten aus der Großstadt. Mal lustig und mal zum Nachdenken. Kurzweilig und unterhaltsam.

Für Jung und Alt, für Groß und Klein. Zum Vorlesen und Selbstlesen. Zu jeder Zeit.

Inhalt

Auto fahren

Entspannt habe ich meine Wohnung verlassen und mich auf den Weg zu meinem Auto gemacht. Schließlich muss ich ins Büro. Es ist Montag Morgen.

Auf dem Weg zu meinem Auto sehe ich die Menschen, die morgens zu ihrer Arbeit unterwegs sind. Schüler, die auf dem Weg zur Schule trödeln und Mütter, die ihre Kleinkinder in die Kita bringen. Die meisten sind auf dem Weg Richtung U-Bahnhof. Der ist bei mir um die Ecke. Hier und da schießt ein Fahrradfahrer an mir vorbei.

Alle sind irgendwie in Bewegung und haben es eilig.

Ich sehe all diese Menschen und denke, gut, dass ich mit dem Auto fahre. Schließlich möchte ich unabhängig im Straßenverkehr unterwegs sein und nicht in Abhängigkeit von Abfahrt- und Ankunftszeiten einer Bahn oder einem Bus. Weg vom Geschubse und Gedränge, von Gerüchen und zu vielen Fremden.

Nein, mit dem Auto ist es besser. Individuell - frei und ungebunden!

Und da steht es ja - mein Auto - fast gleich vor der Tür. Knapp dreihundert Meter weit weg stand es nur. Quasi gleich um die Ecke. Ich habe gestern Abend keinen näheren Parkplatz gefunden. Aber der Weg zu meinem geliebten Auto ist mir nie zu weit.

Bis zur U-Bahn-Station wäre es die gleiche Entfernung – der Weg kommt mir aber elendig viel länger vor.

Ich steige ein, gurte mich an und starte gut gelaunt den Motor. Ich betrachte den fließenden Verkehr.

Vielleicht lässt mich ja heute jemand schneller in den Verkehr einbiegen.

Glück gehabt - nur ein paar Minuten später bewegt sich mein Auto vorwärts. Gestern hat es länger gedauert. Ist aber auch eine blöde Parklücke. Kaum jemand konnte sehen, dass ich dort herausfahren wollte.

Aber jetzt geht es ja vorwärts. Jedenfalls die ersten paar Meter. Dann kommt schon die erste Ampel. Ich warte auf grün. Zu dumm, dass vor mir schon so viele Autos stehen. Vielleicht schaffe ich es ja, mit der übernächsten grünen Ampelphase rüber zu kommen. Ich übe mich in

Geduld.

Na also, geht doch. Ich bin drüber. Okay, es war erst die vierte grüne Ampelphase. Irgend jemandem ist sein Auto ausgegangen und es ging nicht voran.

Aber jetzt! Los geht's! Nach einhundertfünfzig Metern links einordnen - zum Abbiegen. Zum Glück gibt es auch hier eine Ampel, sonst käme man nie rüber. Nur zwei Ampelphasen und ich bin weiter.

Geschafft!

Jetzt geht es erstmal eine ganze Weile nur geradeaus, das geht immer schnell. Schließlich ist die Straße hier zweispurig.

Wäre sie. Wenn dort vorne nicht ein Lieferfahrzeug in

zweiter Spur halten würde. Meine Güte, wie sich die anderen Autofahrer wieder anstellen. Das Einfädeln der Autos aus der blockierten Fahrbahn geht doch bestimmt auch schneller. Das dauert vielleicht. Ich ärgere mich. Soll ich aussteigen und schieben?

So! Jetzt geht es aber voran.

Das Radio läuft und ich bin wieder gut gelaunt. So entspannt wie zu dem Zeitpunkt, als ich meine Wohnung verlassen habe, war ich zwischendurch nicht mehr, aber jetzt kommt die Ruhe wieder.

Ich trete auf die Bremse - Adrenalin jagt durch meinen Körper. Doofer Radfahrer! Wo kam der denn so plötzlich her? Er blockiert die Fahrbahn. Ich komme nicht vorbei - viel zu eng hier.

Vorausschauend versuche ich, eine Gelegenheit zu finden, den Radfahrer zu überholen. Ich will ihn schließlich nicht gefährden. Mehr Radwege!, schießt es mir durch den Kopf.

Endlich vorbei. War ein bisschen riskant das Überholmanöver. Aber das hat mir dann doch zu lange gedauert. Hinter einem Radfahrer unterwegs zu sein ist mühsam, schließlich ist der ja sehr langsam. Mehr Radwege!, denke ich noch einmal.

Gleich muss ich rechts abbiegen. Hoffentlich habe ich Glück. Seit Wochen die gleiche Baustelle. Und sie scheint nie fertig zu werden. Ein endlos langes Bodenloch mit einem rot-weißen Absperrgeländer. Endloooooooos und nervraubend. Die Straße ist

9

hier sehr eng.

Mal sehen… wusste ich es doch, das Einfädeln klappt wieder nicht. Dabei war ich schon auf der durchgehenden Fahrspur. Aber der Autofahrer da vorne scheint unbedingt alle Autos gleichzeitig von rechts auf die freie Fahrspur vor sich lassen zu wollen. Wie großzügig. Aber mich nervt es.

Oh nein, jetzt will da auch noch einer links abbiegen. Das geht gar nicht! An der Biegung ist viel zu viel Gegenverkehr. Das wird Ewigkeiten dauern. Soll ich hupen? Ja! Schaden kann es ja nicht. Geht zwar kein bisschen vorwärts, aber hupen entspannt. Immerhin bin ich zwischenzeitlich schon wieder bei einem gefühlten Pulsschlag von 180 angekommen. Wie eben auch schon, als ich hinter dem

Radfahrer herschleichen musste…

Endlich! Mein Hupen hat Wirkung gezeigt. Der Möchtegernlinksabbieger fährt nun doch weiter geradeaus. Jetzt ist es nicht mehr weit bis zur Firma.

Noch einmal abbiegen und ich sehe das Gebäude. Jetzt nur noch einen Parkplatz finden. Ist nicht mehr so leicht, seit hier der neue Radweg dazu geführt hat, dass auf einer Straßenseite absolutes Halteverbot ist. Ziemlich nervig die Suche. Na gut, ich versuche es mal wieder ein Stück weiter vorne. Sind nur knapp vierhundert Meter bis dort hin.

Und ich habe Glück. Ein Parkplatz ist frei. Etwas eng, aber mit einigen Manövern parke ich schließlich ein und mache mich auf den Weg zum

Büro. Mein Blick auf die Uhr zeigt mir, dass ich viel länger unterwegs war, als geplant. Eigentlich so wie jeden Morgen. Ich bin alles andere als entspannt.

Meine Kollegin kommt gerade die Treppen der U-Bahn-station hochgegangen und begrüßt mich gut gelaunt. Die U-Bahnstation ist direkt hinter dem Bürogebäude. Es ist sogar die U-Bahn-Linie, die bei mir zu Hause um die Ecke hält.

Ich schaue meine sichtlich entspannte Kollegin an und stutze. Ob es ich doch mal mit der U-Bahn versuchen sollte?

Werbung

Im Radio hat die Deutsche Bahn Werbung gemacht. Für nur 29,00 Euro quer durch ganz Deutschland.

Ich horche auf, das klingt ja super interessant und so günstig. Da könnte man ja glatt einen Kurztrip am Wochenende machen und Freunde besuchen. Ich beginne darüber nachzudenken, wen ich schon lange nicht mehr gesehen habe. Mit Freunden telefoniere ich öfter, aber wir sehen uns recht wenig.

Kurze Zeit später höre ich in den Nachrichten, dass die Deutsche Bahn wieder streikt.

Hm, die Information kam jetzt wie eine kalte Dusche bei mir an. Für 29,00 Euro quer durch ganz Deutschland klingt ja verlockend. Aber wenn das Risiko besteht, dass doch kein Zug fährt oder es irgendwo auf der Strecke nicht mehr weiter geht, dann wird der Nervenaufwand wesentlich teurer und vermutlich das Wochenende zu kurz für einen Kurztrip.

Da bleibe ich lieber zu Hause und telefoniere entspannt mit meinen Freunden. Und spare 29,00 Euro – das ist doch auch was.

Veränderungen

Einer meiner Neffen hat zwischenzeitlich sein 16. Lebensjahr vollendet und ist bereits zu einem richtigen Mann herangewachsen.

Er hat bald Geburtstag und möchte, nein, er *will* diesen mit seinen Freunden feiern. Ausschließlich mit seinen Freunden.

Nachvollziehen kann ich das. Ich weiß nicht mehr genau, wann ich entschieden habe, lieber mit meinen Freunden statt mit Eltern, Tante und Onkel Geburtstag zu feiern, aber es wird auch so in dieser Lebensphase gewesen sein, in der mein Neffe jetzt ist.

Ich erinnere mich plötzlich an ein Gespräch, das ich mal mit meinem Neffen geführt habe. Das ist schon Jahre her und er wird so zwischen sieben und acht Jahre alt gewesen sein.

Zu dieser Zeit konnte er sich beim besten Willen überhaupt nicht vorstellen, irgend etwas ohne seine Eltern zu planen. Weder für den aktuellen Zeitpunkt noch für irgendwann später einmal. Er konnte sich gar nicht vorstellen, dass sich dieses Bedürfnis mal ändern könnte.

Heute, und damit Jahre später, nach fast erfolgreich beendeter Abnabelung ist genau das Gegenteil der Fall. Geburtstag mit den Eltern, Tante und Onkel? Nein danke! Geht gar nicht.

Na ja, zumindest nicht, so lange die Freunde dabei sind.

Aber ganz ohne Eltern und Verwandte geht es auch nicht. Die haben schließlich noch immer die teuersten Geschenke. Und darauf möchte er dann doch nicht verzichten.

Stöckchen

Vor kurzem saß ich in der Bushaltestelle und wartete auf meinen Bus. Aus Langeweile beobachtete ich die andere Straßenseite und sah schon von Weitem einen Mann mit einem Mops spazieren gehen.

Ich finde so einen kleinen Mops ja ganz niedlich. Leider schnaufen diese ja oft sehr stark, weil ihnen die Nase und Schnauze flach gezüchtet wurden. Aber wenn sie einen mit ihren großen Kulleraugen ansehen, möchte man auch sofort Hundebesitzer sein.

Jedenfalls kam dieser Mann mit seinem kleinen Hund in meine Richtung und ich konnte erkennen, dass dieser Hund ein Stöckchen waagerecht in der Schnauze hielt. Stöckchen ist hier stark untertrieben. Es handelte sich eher um einen Stock mit einer Breite von etwa 100 cm. Aber dem Hund gelang es trotz seiner kleinen Eigengröße diesen großen Stock gut und sicher vor sich her zu tragen. Jedenfalls so lange, bis sein Herrchen abbog und zwischen zwei Pfählen hindurch auf einen Parkweg einbog.

Nicht, dass der Hund nicht auch in den Park gewollt hätte. Er hatte aber die Breite des Stocks und den Abstand zwischen den beiden Pfählen nicht berücksichtigt. Mit guter Zielsicherheit knallte der Stock rechts und links gegen die beiden Pfähle und blockierte den Hund beim Vorwärtsgehen.

Noch einmal, schien der Hund zu denken, und lief noch mal auf den Parkweg zu. Diesmal etwas schneller. Das führte jedoch nur dazu, dass er mit noch größerer Wucht den Stock rechts und links gegen die Pfähle schlug und wieder zurückprallte.

Das Herrchen amüsierte sich köstlich über seinen Hund und dieser stand, immer noch mit dem breiten Stock in der Schnauze, vor den beiden Pfählen. Es sah fast so aus, als würde der Hund nachdenken.

Aber es sah nur so aus - er tat es leider nicht. Statt dessen rannte der Hund ein drittes Mal gegen die Pfähle und prallte wiederum ab.

Hierbei müssen in seinem Kopf aber ein paar Hundekuchen an den richtigen Platz gekullert sein, denn plötzlich schob sich der Hund mehr oder weniger quer zwischen den beiden Pfählen hindurch auf den Parkweg.

Sein Herrchen war stolz, das konnte man sehen. Und ich glaube, dass der Mops auch stolz war. Jedenfalls trug er seinen langen Stock hoch erhobenen Hauptes in den Park hinein.

Sperrmüll

Mein Bruder rief mich an und erzählte mir, dass er Sperrmüll vor das Haus gestellt hatte. In ländlichen Regionen ruft man die Entsorgungsstelle an und vereinbart einen Termin, damit der Sperrmüll kostenfrei abgeholt und fachgerecht entsorgt werden kann.

Mein Bruder schleppte also seinen Sperrmüll auf die Straße vor das Haus und freute sich darüber, wieder etwas mehr Ordnung im Keller zu haben. Kurze Zeit später klingelte es an der Haustür und ein Nachbar fragte, ob er nicht auch seinen Sperrmüll dazustellen dürfe. Dann brauche er nicht extra einen Termin ausmachen und hätte auch mehr Ordnung.

Da mein Bruder sehr hilfsbereit ist, stimmte er zu

und beobachtete, wie sein Nachbar kurze Zeit später den bereits vorhandenen Müllberg vergrößerte.

Wie üblich im einem Dorf sprechen sich besondere Anlässe schnell herum und es dauerte nicht lange, bis auch weitere Nachbarn nach vorheriger Anfrage ihren Sperrmüll vor das Haus von meinem Bruder abgestellt hatten.

Er erzählte mir diese Geschichte und über die darauf folgende schlaflose Nacht die er hatte, in der Angst, der Termin für die Abholung des Sperrmülls würde sich verschieben. Schließlich sah es bei ihm vor dem Haus zwischenzeitlich aus wie auf einem Sperrmüllplatz.

Aber die Abholung erfolgte

fristgerecht und jetzt ist vermutlich das halbe Dorf glücklich, weil die Keller alle wieder frei geräumt sind.

Wir mussten beide lachen und ich dachte nur, wie schön es sei, wenn es in Berlin auch so wäre.

Hier stellt man den Müll auch auf die Straße und auch hier beteiligen sich Nachbarn gerne am Erhöhen des Müllbergs. Doch leider gibt es meistens keinen Abholtermin für den Sperrmüll und tagelang sieht der Gehweg aus wie eine Müllhalde.

Die Stadtreinigung kümmert sich schließlich irgendwann einmal darum.

Stellt sich die Frage, warum die Organisation für Sperrmüll in Berlin nicht etwas mehr vereinfacht wird? Man sollte doch meinen, dass in einer Millionenstadt eine bessere Organisation möglich ist. Da könnte man sich vom Landleben doch eine schöne Scheibe abschneiden. "Du kommst wohl vom Dorf!" bekommt da doch gleich eine viel positivere Bedeutung.

Ronaldo

Fußball und Ronaldo. Diese beiden Begriffe sind fest miteinander verbunden.

Der brasilianische National-spieler, Weltmeister und Weltfußballer, der schon so viele Titel für sein Talent erhalten hat, zieht Jung und Alt in seinen Bann, wenn er irgendwo auftaucht.

Auch die beiden Kinder einer Freundin, auf die ich hin und wieder aufpasse und die es lieben, mit mir Bälle kicken zu gehen.

Ich bin kein Fußballspieler und würde mich noch nicht mal als Kenner der Materie bezeichnen wollen. Die einzigen Fußballspiele, die ich mir ansehe, sind Weltmeister-schaften. Aber hauptsächlich nur wegen des Gemeinschaftsgefühls, wenn man zusammen mit Freunden schaut, wegen der bereitgestellten Getränke und wegen des Essenbuffets.

Aber das sind ja auch gute Gründe, sich Fußball anzuschauen.

Jedenfalls lande ich mit den Kindern meist auf einem nahe gelegenen Spielplatz, der auch ein Fußballfeld hat. Kein wirklich großes. Aber es gibt ein Fußballtor und man kann auch Basketball dort spielen, weil rechts und links vom Platz noch Körbe angebracht sind. Das ganze ist mit einem hohen Zaun begrenzt, so dass es aussieht wie in einem Gefängnishof. Glücklichweise jedoch frei zugänglich.

Da das richtige Tor meist besetzt ist, dienen uns meine Tasche und unsere Jacken als solches. Aber das macht nichts. Schließlich geht es ja darum, Spaß zu haben.

Ich bemühe mich in der Regel, im Tor zu stehen. Dann brauche ich nicht so viel zu laufen und dadurch ist es weniger anstrengend für mich.

Aber manchmal muss ich auch ins Spielfeld und mir den Ball hart erkämpfen. Die beiden Kleinen sind nämlich ganz schön flink und geübt.

Als einmal der Ball von oben auf mich herunterstürzt, strecke ich automatisch den Hals, um ihn mit einem Kopfball zu bedienen. Der Ball trifft meinen Kopf tatsächlich und ich spüre die Erschütterung, die mein Gehirn durchwirbelt und mein Gehirnwasser zum Sprudeln bringt. Ganz schön fest so ein Fußball. Dabei war der noch nicht mal aus echtem Leder. Der Ball prallte jedenfalls mehr oder weniger an meinem Kopf ab und flog fast ins Tor. Den Jubel der Kinder hatte ich mir verdient und ich glaube, sie waren nun der Meinung, dass meine Fußballkenntnisse gar nicht so übel sind. Ich dagegen hoffte nur, dass meine Gehirnmasse so nach und nach wieder in ruhigerem Gehirnwasser schwimmen würde.

Das Spiel bekam Schwung und die beiden Kleinen zeigten mir auch hin und wieder einen Trick, den Ball balancieren zu lassen (schaffe ich nicht), mit den Füßen anzuheben (schaffe ich gar nicht) oder gezielt irgendwo hin zu schießen (schaffe ich hin und wieder).

Wir machen das jetzt wie Ronaldo!, hörte ich das

nächste Kommando, als der Ball auf mich zurollte. Ich sah den Ball, zielte und schoss! Und der Ball flog nicht schlecht. Aber im gleichen Augenblick sah ich die enttäuschten Gesichter der Kinder.

Ich hatte also etwas falsch gemacht.

Du musst den Ball mehrmals auf der Fußspitze kicken und dann erst schießen, tönten beide im Chor und starrten mich an, als müsste ich jetzt irgendetwas Cooles sagen. Aber mein fragender Blick schien Bände zu sprechen.

Egal, sagte das Mädchen schließlich und zuckte die Schultern. Wir können auch so weiter spielen.

Ich glaube, in diesem Moment ist den beiden klar geworden,

dass Ronaldo wirklich etwas ganz besonderes ist.

Und mir wurde klar, warum Ronaldo all diese Titel hat. Ich könnte mir noch so viel Mühe geben, ich bekäme noch nicht mal einen Trostpreis. Aber ich darf wenigstens den Ball in die falsche Ecke schießen und keiner schimpft mich aus oder lästert im Fernsehen über mich. Das ist doch auch was wert. Schließlich habe ich keinen guten Ruf als Fußballer zu verlieren. Und das ist sehr entspannend.

Offene Geheimnisse

Ich war neulich bei der Bank, um Geld von meinem Konto abzuheben.

Ich stellte mich an einen der Geldautomaten, schob meine Karte in die dafür vorgesehene Öffnung und gab meine Geheimzahl ein. Natürlich so, dass niemand die Geheimzahl sehen konnte. Vorsicht ist schließlich die Mutter der Porzellankiste.

Während meiner Tätigkeit hatten sich noch mehr Leute in dem Raum eingefunden, um Geld abzuheben und neben mir erreichte gerade ein Vater mit seinem etwa 9-jährigen Sohn den Automaten.

Papa?, fragte der Kleine. Darf ich das machen?

Klar, sagte der Vater. Du

musst erst die Karte hier hineinschieben und dann die Geheimzahl eintippen. Die Geheimzahl darfst du aber niemandem verraten. Hörst du? Das ist ganz wichtig. Niemandem! Das ist ein Geheimnis!

Der Sohn schaute seinen Vater mit großen Augen an und nickte zustimmend.

Hast du das verstanden?

Ja, Papa, sagte der Junge, dem klar geworden war, welche Last mit dem Wissen der Geheimzahl auf seinen Schultern ruhen würde.

Na gut, dann darfst du das machen. Hier gibst du die Zahlen ein, sagte der Vater, zeigte auf die Tastatur und sagte für alle hörbar: Neun, Acht, Drei, Sieben…

Nachbarin

Als ich heute früh die Treppen herunterging, traf ich eine meiner Nachbarinnen aus den oberen Stockwerken.

Wir haben uns schon öfter gesehen und grüßen uns immer freundlich. Manchmal unterhalten wir uns auch kurz miteinander.

Sie ist eine ältere Dame so um die 70 und macht eine sympathische Erscheinung. Aber sie ist keine von den Nachbarinnen, die einem im Treppenhaus auflauern und in ein Gespräch verwickeln. Oder die ständig an der Wohnungstür klingelt, weil sie dies oder jenes benötigt.

Nein, so eine Nachbarin ist sie nicht.

Jedenfalls habe ich sie heute

Morgen, auf dem Weg zum Büro, im Treppenhaus getroffen.

Sie grüßte freundlich und meinte, dass ich mich ja schick angezogen hätte.

Ich muss ins Büro, sagte ich ihr und wollte schon an ihr vorbeigehen, als mich ihr prüfender Blick traf.

Schneller als ich mich umsehen konnte, zupfte sie an meinem Hemdkragen herum und legte ihn glatt.

Na dann einen schönen Tag, sagte sie hiernach ohne weiteren Kommentar und machte sich auf den Weg in ihre Wohnung.

Ich war etwas verwirrt und schaute ihr noch kurz hinterher. Eine quasi wild-fremde Frau hatte mir den

Hemdkragen gerichtet. Hätte nur noch gefehlt, dass sie ein Taschentuch aus ihrer Tasche genommen, darauf gespuckt und mir das Gesicht nachpoliert hätte. So wie Mütter das oft tun.

Ich musste lachen. Nein, soweit war es ja nicht gekommen. Das würde sie auch nicht tun. Aber mir den Kragen gerade zu rücken, fand ich doch eigentlich eine sehr schöne Geste. Freundlich nachbarschaftlich und irgendwie auch mütterlich. Sie wollte halt sicher gehen, dass ich ordentlich aussehe, wenn ich das Haus verlasse.

Und, ehrlich gesagt, mir ist es lieber, meine Nachbarin zupft an meinem Hemdkragen, als mein Chef. Das ist sicher unangenehmer.

Kinderspaß

Meine U-Bahn war in den Bahnhof eingefahren und als ich ausgestiegen war und mich schon ein großes Stück von der Bahn entfernt hatte, sah ich von Weitem eine Mutter mit einem Kinderwagen.

Sie hatte sich scheinbar fest vorgenommen, unbedingt mit diesem U-Bahn-Zug fahren zu wollen und rannte was das Zeug hielt, den Kinderwagen vor sich herschiebend, Richtung Bahnsteig. Es schien so, als würde nie wieder eine U-Bahn fahren. Dabei sind wir in Berlin. Hier fährt immer irgendwas.

Als die beiden in guter Sichtweite vor mir waren, sah ich das abgehetzte und verschwitzte Gesicht der Mutter, gleichzeitig zog aber das freudige Juchzen, das aus dem offenen Kinderwagen kam, meinen Blick auf das Kind. Es saß aufrecht, beide Hände fest an der Querstrebe vor sich festgeklammert, im Kinderwagen. Die blonden Haare wehten im Fahrtwind und das Kind strahlte und lachte vor Freude über die Geschwindigkeit. Es hatte die blauen Augen weit aufgerissen und die Pausbäckchen glänzten rosig. So sieht ein glückliches Kind aus, dachte ich mir und musste grinsen. Das Kinderlachen war richtig ansteckend und machte gute Laune.

Leider hat die Mutter die U-Bahn nicht mehr bekommen und das fand ich schade, weil sie sich so abgehetzt hatte. Aber dem Kind hatte sie einen unvergesslich großen Spaß und ein tolles Erlebnis bereitet.

Beide werden das Kinderwagenrennen wohl so schnell nicht wieder vergessen, aber jeder mit anderen Gefühlen. Ist eben alles eine Frage der Perspektive.

Kellerassel
(*Porcellio scaber*)

Kellerasseln sind nicht gerade schön und wenn man sie sieht, denkt man gleich an Feuchtigkeit und Moder.

Der graue Panzer der Tierchen und die Art, wie sie sich fortbewegen, sind aber dennoch faszinierend. Sie haben vierzehn Beine und das bei einer ausgewachsenen Körperlänge von gerade mal 1,5 bis 1,8 cm. Sieben Beine rechts und sieben Beine links. Gute Aufteilung, alles andere würde die kleinen Krabbeltiere sicher noch merkwürdiger aussehen lassen.

Jedenfalls neulich, am frühen Morgen beim Nordic Walking, lief mir eine Kellerassel über den Weg. Vielleicht lief ich auch ihr über den Weg. Unsere Wege kreuzten sich jedenfalls.

Als ich die Kellerassel sah,
steuerte ich meine Walking-
stöcke um sie herum und
machte einen größeren
Schritt. Die Geste war sicher
übertrieben, aber ich wollte
das kleine Tier auf keinen Fall
verletzen.

Etwas aus dem Walking-Takt
gekommen, stolperte ich leicht
über meine Stöcke und kam
ins Straucheln. Ich konnte
mich aber gleich wieder
auffangen und meinem
Walkingweg unbeirrt folgen.
Mein Gestolpere sah aber
sicher wenig elegant aus.

Plötzlich wurde mir klar, wie
gut ich es eigentlich habe. Nur
zwei Beine und zwei Stöcke
und ich komme schon ins
Stolpern. Aber wie wäre es mit
vierzehn Beinen, so wie bei
der Assel? Ich hätte wohl gar

keine Chance, geradeaus oder wohin auch immer, zu kommen.

Nein, zwei Beine reichen mir.

Aber Hut ab vor der Kellerassel, die mit ihren vielen Beinen so gut klar kommt. Und elegant sieht es auch noch aus, wenn sie sich fortbewegt. Da könnte man für kurze Augenblicke glatt ein bisschen neidisch werden.

Irrtum

Ich war mit einem Freund bei mir zu Hause verabredet und noch während ich in der U-Bahn saß, bekam ich eine Nachricht von ihm, dass er bereits vor meinem Haus stehen würde. Ich solle mich aber nicht stressen, schrieb er. Er würde keinen Parkplatz finden und deshalb sowieso erstmal im Auto sitzen bleiben. Schließlich dämmerte es bereits und zusätzlich hatte es angefangen, leicht zu regnen.

Als ich kurze Zeit später bei mir in die Straße einbog, sah ich ein Auto, das gerade aus einem Parkplatz heraus fuhr. Ein freier Parkplatz für Holger!, schoss es mir gleich durch den Kopf.

Holger!, wo stand Holger?, fragte ich mich gleich und schaute mich schnell um. Da!

Ein Stück weiter vorne, schräg gegenüber, sah ich den blauen Ford Kombi von meinem Freund in zweiter Reihe stehen. Da er entgegen der Fahrtrichtung stand, konnte er den gerade frei werdenden Parkplatz natürlich nicht sehen.

Da ein freier Parkplatz in meiner Straße zur Zeit so etwas wie ein Lottogewinn ist, rannte ich sofort los.

Eilig schoss ich auf das in zweiter Reihe stehende Auto zu und klopfte heftig an die Fahrerscheibe.

Der Mann in dem Auto hatte mich nicht kommen sehen. Er zuckte erschrocken zusammen und schaute mich verstört und verängstigt an. Es muss ihm wie ein Überraschungsangriff vorgekommen sein. Er öffnete weder die Autotür, noch ging die Scheibe nach unten.

Ich schaute genauer hin. Den Mann kannte ich nicht. Das ist nicht Holger!

Noch bevor ich mich irgendwie erklären konnte, sah ich einige Meter weiter vorne den gleichen blauen Ford Kombi stehen, auch in zweiter Reihe. Das muss Holger sein! Und schon hatte ich wieder nur den freien Parkplatz im Kopf und rannte sofort wieder los.

Diesmal klopfte ich an die richtige Autoscheibe und Holger hat sofort reagiert und den Parkplatz bekommen. Als ich aber mit ihm dann auf dem Weg zu meiner Wohnung war, musste ich erstmal lachen.

Der fremde Mann aus dem anderen blauen Ford Kombi muss mich für einen völlig durchgeknallten Irren gehalten haben, der durch die Straße läuft und wahllos bei Autos an die Scheiben klopft.

Zu verdenken ist ihm das nicht. Ich hoffe nur, dass der Mann nicht irgendwo in meiner Nachbarschaft wohnt. Das konnte ich so schnell leider nicht erkennen. Aber wenn doch, würde ich ihm vielleicht beim nächsten Mal auch einen freien Parkplatz zeigen. Das bin ich ihm nach diesem Schrecken doch irgendwie schuldig.

Irrtum am Morgen

Manchmal ist man noch recht verschlafen, wenn man morgens früh aufstehen muss. Und obwohl ich ein Frühaufsteher bin, fällt es mir hin und wieder schwer, morgens meinen Kreislauf und mein Gehirn in die Gänge zu bekommen. Und meine Augen brauchen auch öfter etwas länger, um Kleinge-drucktes lesen zu können.

So wie neulich.

Ich wachte früh auf, schaltete auf dem Weg in die Küche mein Handy an und machte mir einen Tee. Alles Gewohnheitssachen, kein Nachdenken, kein Licht.

Während ich den Tee fertig machte, gab mir ein Signal zu verstehen, dass ich eine Nachricht per Handy erhalten hatte.

Die Neugierde trieb mich zurück in die Diele, wo mein Handy lag. Ich nahm es, drückte ein paar Knöpfe und wollte die Nachricht lesen.

Leider war das aber nicht möglich. Ich bekam kein klares Bild vor meine Augen und konnte somit den Text nicht erkennen.

Das wird ja immer schlimmer mit der Sehstärke, dachte ich mir, nahm die Lesebrille vom Sideboard, setzte sie auf und starrte wieder auf das Handy.

Meine Güte, dachte ich, heute habe ich aber echt Probleme mit den Augen. Ich konnte immer weniger erkennen.

Vielleicht sollte ich wenigstens das Licht in der Diele anmachen, damit ich etwas besser sehen kann. Macht eigentlich nicht viel Sinn, schien meinem schlaf-trunkenen Gehirn aber als gute Lösung vorzukommen.

Das tat ich dann auch. Ich schaltete das Licht an... und damit scheinbar urplötzlich auch mein Gehirn. Es wurde nicht heller... wie auch? Statt meiner Lesebrille hatte ich irrtümlich die Sonnenbrille aufgesetzt.

Ich sollte wieder ins Bett gehen, schoss es mir durch den Kopf.

Lachend griff ich nach der Lesebrille, die noch immer auf dem Sideboard lag. Jetzt war es heller geworden, nachdem ich sie aufgesetzt hatte und ich konnte sogar den Text auf meinem Handy lesen.

Was für eine Freude.

Nicht nur, dass mich der Nachrichtentext gefreut hat, nein, auch, dass meine Sehstärke wohl doch nicht schlechter geworden war.

Ganz schön groß

In der U-Bahn stand neulich ein Mann im Gang. Er stand dort leicht gebeugt. Aber er fiel auf, da er sehr groß und sehr dick war. Ich schätzte ihn auf etwa zwei Meter Körperhöhe und bestimmt 140 kg Gewicht.

Und er trug ein T-Shirt auf dem stand: "Ich habe mich gewogen. Ich bin zu klein".

Ich musste grinsen.

Der Mann kam bereits jetzt schon mit dem Kopf bis auf die Höhe der oberen Festhaltestangen.

Um seine Größe seinem Gewicht anzupassen, wäre es notwendig, doppelstöckige U-Bahn-Wagen auf die Gleise zu schicken. Da könnte der Mann dann bequem im Gang stehen.

Aber seine Selbstironie beeindruckte mich. Das machte ihn sympathisch.

Tolle Idee mit dem T-Shirt-Spruch.

Fruchtfliegen
(Drosophila melanogaster)

Es ist, als erwarteten sie mich bereits.

Als ich eine Banane aus meiner Obstschale nehme, schwirren gleich Dutzende von Fruchtfliegen auf und umkreisen nicht nur mein Obst, sondern auch mein Gesicht.

Ich weiß, dass Fruchtfliegen reifes oder gärendes Obst lieben, aber warum schwirren sie dann vor meinem Gesicht herum? Die Frage möchte ich nicht geklärt wissen.

Na jedenfalls finde ich das fliegende Gewusel in der Luft unappetitlich, schlage kurz wild um mich und prüfe, ob sich faulendes Obst in der Obstschale befindet. Dem ist nicht so. Mir bleibt also die

Möglichkeit, schnell mein ganzes Obst mit einem Mal aufzuessen und durch einen Vitaminschock zu verenden oder ich packe das Obst in verschlossene Behälter. Aber wozu habe ich dann die Obstschale, und vor allem, was tue ich, wenn die Fruchtfliegen sich in dem Behälter weiter vermehren?

Während meine Gedanken sich verselbständigen, lösche ich nebenbei ein paar Fruchtfliegen das Lebenslicht aus.

Aber vor meinem geistigen Auge sehe ich Invasionen von Obstfliegenschwärmen durch meine Küche fliegen. Gruselig!

Fruchtfliegen sind klein und doch irgendwie eklig. Vor allem in einer größeren Anzahl. Man kann sie so schlecht fangen. Und der Gedanke, sie oder ihre Brut vielleicht mitzuverzehren, schüttelt mich.

Hm, denke ich, Wespen wären besser. Wespen werden auch durch Obst angezogen. Wäre also das gleiche wie bei Fruchtfliegen. Aber sie wären größer und damit könnte ich sie besser wieder beseitigen.

Aber Wespen können sich wehren.

Mein Mut schwindet. Dann doch lieber Fruchtfliegen. Da fühle ich mich überlegen.

Ich beschließe kurzerhand, weniger Obst zu kaufen und das wiederum schneller aufzuessen. Dann habe ich kein Problem mehr mit Fruchtfliegen. Und erst recht keine mit Wespen.

Fremder Mann

Ich saß neulich in der U-Bahn so, dass ich die Einstiegstür beobachten konnte. Das ist an und für sich schon eine sehr interessante Beschäftigung.

Aber an einer der vielen Stationen stieg ein auffallend großer Mann ein. Er war bereits etwas älter, ich schätze so Ende 60, und trug einen dunklen Anzug, ein rotes Hemd und eine rote Krawatte dazu.

Alles in allem sah der Herr sehr gepflegt aus.

Wäre da nicht dieser Makel gewesen in Form eines offen stehenden Reißverschlusses.

Das rote Hemd schaute ein Stück weit aus dem offen stehenden Reißverschluss heraus.

Zunächst schaute ich schnell weg. Ich wollte nicht den Eindruck erwecken, dass ich auf die offene Hose gestarrt hatte. Aber irgendwie tat der Herr mir auch leid. Er hatte sich solche Mühe gemacht, gut auszusehen und jetzt so ein Missgeschick.

Wie das Schicksal es dann so wollte, setzte sich dieser Herr mir genau gegenüber.

Meine Gedanken hingen noch immer an seinem offenen Reißverschluss und ich kam zu der Überzeugung, dass ich ihm einen Hinweis darauf geben müsse. Schließlich wäre ich auch froh darüber, auf eine offene Hose aufmerksam gemacht zu werden. Wer läuft schon gerne so auffällig durch die Gegend?

Ich dachte nach, wie ich ihm das sagen könnte und schaute

den Mann immer wieder an. Er wirkte nicht nur gepflegt und seriös, sondern er hatte auch einen sehr strengen Gesichtsausdruck.

Ihm einfach zurufen: "Hallo, Sie! Ihre Hose ist auf", schien mir zu plump und zu auffällig. Schließlich wollte ich ihn ja nicht blamieren. Ob ich aufstehen und ihm ins Ohr flüstern sollte, dass sein Reißverschluss offen steht? Ich weiß nicht. Das war mir irgendwie auch unangenehm. Ich wollte nicht zu aufdringlich sein und jemandem etwas zuzuflüstern, hat etwas Vertrautes und Intimes. Das wollte ich auf keinen Fall.

Ich überlegte: Wenn ich einfach aufstehen, mich vor ihn hinstellen und leise sagen würde, dass seine Hose offen steht? Darf man das?

Vielleicht würde der Mann meinen guten Willen gar nicht verstehen und böse sein unter dem Motto "Was schauen Sie mir auf den Hosenschlitz?". Er könnte mich ja auch bloßstellen mit einem solchen Satz.

Ich grübelte. Das war wirklich knifflig und der Mann wähnte sich in Sicherheit. Entspannt aber ernst schauend saß er mir noch immer gegenüber.

Während ich nach einer Problemlösung suchte, schaute ich immer wieder zu ihm herüber. Das muss er irgendwann gemerkt haben und auf einmal trafen sich unsere Blicke.

Und plötzlich ging alles sehr schnell: Mit einer nach oben führenden Handbewegung an meinem Hosenreißverschluss und dann auf seinen

Reißverschluss zeigend, war alles erklärt. Der Mann lächelte dankbar, zog seinen Reißverschluss zu und schaute wieder ernst in der Gegend herum.

Das war`s, dachte ich mir. Und dafür habe ich jetzt fünf Stationen gebraucht.

Wie schwer man es sich doch manchmal machen kann, jemandem etwas Gutes zu tun. Schade eigentlich.

Die gute Tat

Ich bin viel mit der U-Bahn unterwegs und man bekommt viel zu sehen und zu hören. Im Vergleich zu vielen anderen Menschen fixiere ich mich jedoch nicht auf mich, sondern beobachte oft andere Menschen. Das ist immer wieder spannend und macht auch Spaß.

Als ich neulich Morgens unterwegs war, befand sich bereits eine große Gruppe von Kindergartenkindern, es können auch Erstklässler gewesen sein, im U-Bahn-Wagen.

Die bunte Schar dieser Zwerge plapperte wild durcheinander, lachte und machte sich über sich selbst lustig. Einige standen nur so herum und hielten sich aneinander fest, ein paar andere klammerten sich in der Mitte des U-Bahn-Wagens an der Haltestange fest. Die drei Erzieherinnen hatten jedenfalls große Mühe, die Rasselbande zusammenzuhalten.

Auch wenn die Lautstärke nicht unbedingt viel Freude in mir auslöste, hatte ich doch Spaß daran, die kleine Meute zu beobachten.

Wenige Stationen später war es dann soweit und die Kleinkindergruppe musste aussteigen. Die Erzieherinnen gaben das Ziel des Ausstiegs an. "Ihr geht auf dem Bahnsteig direkt an die Bank, die gegenüber von der Tür steht und bleibt da stehen. Keiner von euch geht von dieser Bank weg!"

Und es funktionierte. Die Kleinen stiegen zügig aus und

begaben sich direkt zu der Bank, die auf dem Bahnsteig zu sehen war. Doch was war das? Mein Blick blieb an dem Kind hängen, das an einer Haltestange in der Mitte des U-Bahn-Wagens noch immer seine Runden drehte. Im gleichen Augenblick sah ich aber auch, dass die Erzieherinnen und die anderen Kinder den U-Bahn-Wagen bereits alle verlassen hatten. Ich wusste, dass ich handeln musste. Ich ging auf das Kind zu und war gerade im Begriff, es noch rechtzeitig vor der Weiterfahrt des Zuges aus dem Wagen zu schieben, als eine Stimme hinter mir einen Namen rief. Das Kind drehte sich um und ging auf die Stimme zu. Diese Stimme gehörte seiner Mutter, die ein Stück weiter weg in der U-Bahn saß.

Im ersten Moment war ich

etwas verwirrt, aber dann atmete ich tief durch und war erleichtert, dass ich das Kind nicht nach draußen geschoben hatte. Diese gut gemeinte Tat hätte wohl eine Katastrophe ausgelöst.

Babys

Wie süß wenige Wochen alte Babys doch sind. Wenn man sie anschaut, geht einem das Herz auf. Entweder sie schlafen friedlich und bewegen sich dabei hin und wieder mal. Oder sie sind wach, rollen orientierungslos die Augen hin und her, recken sich, strecken sich und ziehen auch mal die Stirn in Falten. Wenn sie ein Geräusch von sich geben, ist es ein Geräusch wie ein Knattern oder sie schreien, weil sie Hunger haben oder die Windel voll ist. Babys können auch ganz rot werden, wenn sie anfangen zu drücken und die Windel zu füllen.

Baby müsste man manchmal sein. Man wird in der Regel gehegt und gepflegt und fast alle finden einen süß und schnuckelig. Und wenn man schreit, sind alle bemüht, einem das Leben wieder so angenehm wie möglich zu machen.

Okay, manchmal wird man auf den Arm genommen. Das will man wirklich nicht immer. Und vor allem nicht von jedem. Beim besten Willen nicht. Aber hier hilft Dauerschreien. Das funktioniert immer.

Wenn ein Baby gestillt worden ist, darf es sogar rülpsen. Pardon, Bäuerchen machen. Gleich ins Ohr von Mama oder Papa, Oma, Opa, Tante oder Onkel. Egal. Hat das Baby sein Bäuerchen gemacht, freuen sich alle. Und wenn dann noch ein wenig Milch mit nach oben befördert wurde, stört das niemanden. Auch darüber können sich Erwachsene freuen.

Sich später als ausgewachsener Mensch so zu verhalten, ruft Proteste und Ablehnung, sogar Ekel hervor. Dabei ist es doch fast das gleiche. Nur eben ein wenig konsistenter in der Masse.

Gut, dass ein Baby sich damit noch nicht befassen muss, was erlaubt ist und was nicht. Das kommt noch früh genug. So viele Freiheiten wie als Baby hat man im ganzen Leben nie wieder. Schade, dass einem das erst sehr viel später bewusst wird.

Seit vielen Jahren unterhält
der Autor seine Leserinnen
und Leser mit
Kurzgeschichten rund um die
Weihnachtszeit.

Diese Tradition wird nun
durch alltägliche
Kurzgeschichten erweitert.

Lassen Sie sich ab jetzt das
ganze Jahr über durch
Kurts Kurzgeschichten
gut unterhalten.

Weitere Informationen unter:

www.verschmitzte-weihnachten.de

Bibliografische Information der
Deutschen Nationalbibliothek: Die
Deutsche Nationalbibliothek
verzeichnet diese Publikation in der
Deutschen Nationalbibliografie;
detaillierte bibliografische Daten
sind im Internet über
http://dnb.dnb.de abrufbar.

Herstellung und Verlag
BoD – Books on Demand,
Norderstedt

ISBN 9783746025957

Liebe Leserinnen und Leser,

meine Geschichten beruhen auf Begebenheiten und Erlebnissen, wurden aber teilweise von mir etwas ausgeschmückt, um das Lesevergnügen nicht zu trüben.

Ich bitte um Verständnis und wünsche mir, dass Menschen, die sich hier wiedererkennen, meine künstlerische Freiheit nachvollziehen können.

Es lag und liegt mir fern, jemanden bloßzustellen oder zu blamieren. Sollte das hier geschehen sein, bitte ich um Entschuldigung.

Kurt Schmitz

Herstellung und Verlag:
BoD- Books on Demand, Norderstedt
ISBN: 978-3-7460-2595-7